A **R**ookie reader® español

El día que Jordan se enfermó

Escrito por Justine Fontes
Ilustrado por Jared Lee

Children's Press®
Una división de Scholastic Inc.
Nueva York • Toronto • Londres • Auckland • Sydney
Ciudad de México • Nueva Delhi • Hong Kong
Danbury, Connecticut

A Leahbelle y sus pequeños, Jordan y Laurel, con la cariñosa esperanza de que pasen m
tiempo imaginando que enfermos.
—J.F.

Para Kent y Jennifer
—J.L.

Consultores de la lectura

Linda Cornwell
Especialista de la lectura

Katharine A. Kane
Consultora de educación
(Jubilada, Oficina de Educación del Condado de San Diego y de
la Universidad Estatal de San Diego)

Traductora
Eida DelRisco

Información de Publicación de la Biblioteca del Congreso de los EE.UU.
Fontes, Justine
[Jordan's silly sick day. Spanish]
El día que Jordan se enfermó / escrito por Justine Fontes ;
ilustrado por Jared Lee.
    p. cm. – (A rookie reader español)
Resumen: Mientras está enfermo en cama, un niño se aburre hasta que comienza
a usar su imaginación y pronto se da cuenta de que se siente mejor.
    ISBN 0-516-24445-0 (lib. bdg.)   0-516-24694-1 (pbk.)
    [1. Enfermo-Ficción. 2. Imaginación-Ficción. 3. Materiales en lengua española.]
I.Lee, Jared D., il. II. Título. III. Series.
    PZ73.F585 2004
    [E] –dc22

                                    2003016587

Estoy enfermo. No es divertido.

No puedo jugar fuera.
No puedo ver a mis amigos.

Estoy jadeando y
estornudando.

¡Lo peor de estar en casa
es que me aburro!

Entonces, recuerdo algo.
¡Puedo usar mi imaginación!

Puedo imaginar que mi
osito sabe jugar a las barajas.
Yo dejo ganar.

Intento construir un castillo de barajas.

Y me pregunto: ¿Qué sucedería si de verdad viviera en una casa de barajas?

¡Un monstruo tumba mi casa de un soplido!

Así que construyo una casa
de bloques.

El monstruo tumba mi casa de bloques de una patada.

Así que construyo una casa de libros. El monstruo se detiene porque no sabe leer.

Tomo un poco de jugo
de naranja.

Imagino que floto en un
río color naranja.

Hoy no puedo estar en la escuela con mis amigos.

Pero lo estoy pasando muy bien.

¿Qué imaginaré ahora?

Imagino que me siento mejor.

¿Y sabes qué? Está dando
resultados.

Lista de palabras (85 palabras)

a
aburro
ahora
algo
amigos
así
barajas
bien
bloques
casa
castillo
color
con
construir
construyo
dando
de
dejo
detiene
divertido
el
en

enfermo
entonces
es
escuela
está
estar
estornudando
estoy
floto
fuera
ganar
hoy
imaginación
imaginar
imaginaré
imagino
intento
jadeando
jugar
jugo
la
las

leer
libros
lo
me
mejor
mi
mis
monstruo
muy
naranja
no
osito
pasando
patada
peor
pero
poco
porque
pregunto
puedo
recuerdo
resultados

río
que
qué
sabe
sabes
se
si
siento
soplido
sucedería
tomo
tumba
un
una
usar
ver
verdad
viviera
y

Acerca de la ilustradora
Justine Fontes y su esposo, Ron, esperan escribir 1,001 magníficos cuentos. ¡Hasta ahora han terminado casi 400 libros para niños! Viven en un tranquilo paraje de Maine, con tres gatos felices.

Acerca del ilustrador
Jared Lee creció en Van Buren, Indiana. Ha vivido en Lebanon, Ohio, por más de treinta años y se pasa todo el día dibujando cosas graciosas.